Le

D'après un épisode de la série télévisée *Benjamin* produite par Nelvana Limited, Neurones France s.a.r.l. et Neurones Luxembourg S.A., et basée sur les livres *Benjamin* de Paulette Bourgeois et Brenda Clark.

Texte de Sharon Jennings.
Illustrations de Sean Jeffrey, Mark Koren et Alice Sinkner.
Texte français de Christiane Duchesne.

Basé sur l'épisode télévisé *Franklin's Reading Club*, écrit par Brian Lasenby.

Benjamin est la marque déposée de Kids Can Press Ltd.
Le personnage *Benjamin* a été créé par Paulette Bourgeois et Brenda Clark.

Catalogage avant publication de la Bibliothèque nationale du Canada

Jennings, Sharon
  [Franklin's reading club. Français]
  Le club de lecture de Benjamin / Sharon Jennings ; illustrations de Sean
  Jeffrey, Mark Koren, Alice Sinkner ; texte français de Christiane Duchesne.

(Je lis avec toi)
Traduction de: Franklin's reading club.
ISBN 0-439-97514-X

I. Duchesne, Christiane, 1949- II. Jeffrey, Sean III. Koren, Mark
IV. Sinkner, Alice V. Titre. VI. Collection.

PS8569.E563F77914 2003   jC813'.54   C2003-901417-7
PZ23

Édition publiée par Les éditions Scholastic, 175 Hillmount Road, Markham (Ontario) L6C 1Z7, avec la permission de Kids Can Press Ltd.

5 4 3 2 1   Imprimé à Hong-Kong, Chine   03 04 05 06

Le club de lecture
de Benjamin

Les éditions Scholastic

Benjamin sait compter par deux.

Il sait nouer ses lacets.

Et il peut lire tout seul.

Ses livres préférés sont les aventures

de Dynarou.

Il en possède toute la collection.

— Regardez! lance un jour Lili le castor.

Il y a un nouveau livre de Dynarou!

— C'est quoi, le titre? demande Benjamin.

— *Dynarou et le monstre*, répond Lili.

— Oooooh! font ses amis en chœur.

— Il va être en magasin demain, dit Lili.

Ils se donnent tous rendez-vous le

lendemain à la librairie de M. Héron.

— Soyons-y très tôt, dit Benjamin. Et que

chacun mette sa cape de Dynarou!

Mais même très tôt, c'est trop tard.

— Désolé, dit M. Héron, il ne me reste

plus de *Dynarou et le monstre*.

— Nous voulions tellement l'avoir,

dit Benjamin.

— Tout le monde le voulait, répond

M. Héron.

Juste à ce moment, Benjamin aperçoit

M. Taupe. Il tient un exemplaire de *Dynarou*

et le monstre.

— Où l'avez-vous trouvé? demande Benjamin.

— À la boutique de jouets, répond M. Taupe.

C'est pour mon petit-fils.

— Tout le monde à la boutique de jouets!

crie Benjamin.

Benjamin et ses amis descendent la rue
en courant.

Ils tournent le coin et prennent l'autre
rue en courant.

Ils courent jusqu'à la boutique de jouets.

Dans la vitrine, on peut lire :

NOUS AVONS VENDU TOUS NOS EXEMPLAIRES
DE *DYNAROU ET LE MONSTRE*.

Les cinq amis sont

vraiment déçus.

Benjamin aperçoit alors Mme Ragondin.

Elle a, elle aussi, un exemplaire de

Dynarou et le monstre.

— Où l'avez-vous trouvé? demande

Benjamin.

— À la bibliothèque, dit Mme Ragondin.

C'est pour mon petit-fils.

– Tout le monde à la bibliothèque!

crie Benjamin.

Benjamin et ses amis montent la rue en courant.

Ils tournent le coin et prennent l'autre rue en courant.

Ils courent jusqu'à la bibliothèque.

– Je suis désolée, dit Mme Bernache. Mme Ragondin vient d'emprunter mon dernier exemplaire.

Encore une déception!

Benjamin retire sa cape de Dynarou.

— Je rentre chez moi, dit-il.

— Moi aussi, disent ses amis, l'un après l'autre.

Lorsque Benjamin arrive à la maison, sa grand-maman est là.

— Regarde ce que j'ai apporté à mon petit-fils! dit-elle.

Elle tend à Benjamin le livre *Dynarou et*

le monstre.

— Super! dit Benjamin. Merci, Mamie!

Benjamin remet sa cape de Dynarou.

Il ouvre son livre et

lit la première page.

Le téléphone

sonne.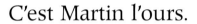

C'est Martin l'ours.

— Veux-tu jouer avec moi? demande-t-il.

— Non, répond Benjamin. Ma grand-mère

vient de m'offrir *Dynarou et le monstre.*

— Chanceux! dit Martin.

Tu peux me le

prêter quand

tu l'auras fini?

— Oui, répond Benjamin.

Il s'assoit et lit la deuxième page.

On frappe à la porte.

Tous les amis de Benjamin sont là.

— Est-ce que tu as fini *Dynarou et le monstre*? demande Raffin le renard.

— Tu me le prêtes? demande Martin.

— Ça te prend beaucoup de temps, dit Lili.

— Comment voulez-vous que je lise

si vous n'arrêtez pas de me déranger?

dit Benjamin.

Il ferme la porte et retourne s'asseoir.

Benjamin lit la page trois.

Il lève les yeux.

Ses amis l'observent par la fenêtre.

Benjamin baisse les yeux et lit

la page quatre.

– J'en ai assez! crie Lili. Tu lis trop

lentement!

Benjamin ferme les rideaux.

Benjamin lit la page cinq

et éclate de rire.

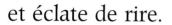

Il se lève et sort

rejoindre ses amis.

— Devinez ce qui se

passe à la page cinq!

— NE LE DIS PAS! crient-ils tous en chœur.

— Tu vas tout gâcher! dit Lili.

Benjamin retourne à l'intérieur.

Il entend ses amis jouer dehors.

Il ouvre la porte.

— As-tu fini? demande Lili.

— Non, dit Benjamin, et je ne finirai

jamais avec tout ce bruit. Alors, entrez

et venez vous asseoir.

Ses amis entrent et s'assoient.

– Qu'est-ce qui se passe? demande Lili.

— Bienvenue au club de lecture de Benjamin, dit Benjamin. Je vais vous lire l'histoire de *Dynarou et le monstre.*

— Youpi! crient ses amis.

— Premier chapitre, commence Benjamin. *Le monstre fait « Bou! »*

— Oooooh! disent ses amis tous en chœur.

Et personne ne dit plus un mot jusqu'à
ce que Benjamin dise...

– …Fin.